Correspondência

Correspondência

Bartolomeu Campos de Queirós

Lelis (Ilustrações)

Rua Pirapitingui, 111 — Liberdade
CEP: 01508-020 — São Paulo — SP

2024

© Jefferson L. Alves e Richard A. Alves, 2022

2ª Edição, Editora RHJ, 2004
3ª Edição, Global Editora, São Paulo 2024

Jefferson L. Alves – diretor editorial
Flávio Samuel – gerente de produção
Jefferson Campos – analista de produção
Amanda Meneguete – coordenadora editorial
Lelis – ilustrações
Equipe Global Editora – produção editorial e gráfica

Dados Internacionais de Catalogação na Publicação (CIP)
(Câmara Brasileira do Livro, SP, Brasil)

Queirós, Bartolomeu Campos de, 1944-2012
 Correspondência / Bartolomeu Campos de Queirós; ilustração Lelis. – 3. ed. – São Paulo: Global, 2024.

 ISBN 978-65-5612-520-6

 1. Literatura infantojuvenil I. Lelis. II. Título.

23-163190   CDD-028.5

Índices para catálogo sistemático:
1. Literatura infantil   028.5
2. Literatura infantojuvenil   028.5

Cibele Maria Dias - Bibliotecária - CRB-8/9427

Obra atualizada conforme o
NOVO ACORDO ORTOGRÁFICO DA LÍNGUA PORTUGUESA

Global Editora e Distribuidora Ltda.
Rua Pirapitingui, 111 – Liberdade
CEP 01508-020 – São Paulo – SP
Tel.: (11) 3277-7999
e-mail: global@globaleditora.com.br

 grupoeditorialglobal.com.br   @globaleditora

 /globaleditora   @globaleditora

/globaleditora   /globaleditora

 blog.grupoeditorialglobal.com.br

Direitos reservados.
Colabore com a produção científica e cultural.
Proibida a reprodução total ou parcial desta
obra sem a autorização do editor.

Nº de Catálogo: **4488**

As palavras sabem muito mais longe.

Querido Mateus,

Palavras que amamos tanto, há muitos anos, dormem em dicionário. Hoje tirei do sono três palavras para dar de presente a você: Livre, Terra e Irmão.

Quando escritas, lê-se poesia; se faladas, são melodia; somadas, fazem novo dia.

                              Com saudades, despede a
                                                    Ana.

Maria, amiga minha,

Recebi carta de Ana. Carta pequena, mas grande em amor. Veio de longe, com três palavras de presente. No silêncio entre as palavras, eu li seu coração muito Livre. Ao me falar de nossa Terra, me chamou de Irmão.

Acordei três outras palavras para enviar a você: Pátria, Trabalho e Justiça. Prometa-me não deixá-las dormir de novo.

Com saudades, despede o
Mateus.

Amigo Marcos,

Eu já lhe falei do meu carinho pelas palavras. Mateus me escreveu. Dentro do envelope estavam três palavras escolhidas. Disse-me que Pátria, Trabalho e Justiça não podem ficar esquecidas. Guardei, com cuidado, no coração o seu presente. Sinto vontade de gritá-las. Sei que a terra inteira vai gostar de ouvi-las.

Não vou acordar palavras para dar de presente a você. Peço sua ajuda para fazer dormir palavras que há muito andam acordadas: Fome, Opressão e Violência.

Todo o carinho da
Maria.

Marta, amiga querida,

Quando o dia amanhece, vejo o sol entrar por debaixo da porta. Hoje, junto com sua luz chegou uma carta. Trouxe notícias de Maria, que me pedia um favor: ajudar a fazer dormir palavras que há muito nos machucam. Ao levar as palavras para o sono, descobri outras que estavam acordando.

Abri as páginas do dicionário. Elas voaram céu adentro: Paz, Esperança e Respeito. Penso que muito em breve nós vamos ler estas palavras no rosto de cada um.

Com a amizade
de sempre,
Marcos.

Caro Lucas,

A chuva, nesta manhã, lavou os campos. Ao abrir a janela, vi uma fita colorida abraçando o mundo. Tomei do arco-íris três cores para você: Verde, Amarelo e Azul.

Não sei se o carteiro vai descobrir meu presente. Estou lhe enviando o Brasil. Abra a carta e deixe a liberdade voar sobre nós.

Sua amiga,
Marta.

Sara, amada,

Como são fortes as palavras! Elas dizem coisas que só o coração escuta. Se escritas sobre papel claro, ficam mais iluminadas e eternas. Sei que as palavras podem abrir novo caminho.

Procurei dentro de mim alguma palavra dormindo. Só encontrei uma: Igualdade. Ela nos permite viver as diferenças.

         Até muito em breve,
           Lucas.

Meu caro João,

Um dia todos nós vamos receber uma carta. Ela chegará como um sonho, nos acordando para nossos Direitos e Deveres. Todas as palavras serão conhecidas. Será uma carta clara como os nossos desejos. Passaremos a morar em um país correspondido.

Mando ainda três palavras para nossa correspondência: Eleitor, Expressão e Escola.

Sua amiga,
Sara.

Caríssima Ana,

No princípio você deu palavras de presente a Mateus. Ele acordou outras e multiplicou as cartas. Agora muitas palavras moram acordadas em nosso sonho.

É tempo de escolher quem saiba somar nossas palavras em uma grande carta. Carta Maior, feita de pequenas cartas.

Que esses nossos representantes sejam Justos, Próximos e Verdadeiros. E que sejamos atentos, para não ficar uma só palavra esquecida.

Assim, as palavras vão sair do nosso sonho para viver entre nós — sempre.

Com muito amor,
João.

Justos

Próximos

Verdadeiros

Bartolomeu Campos de Queirós

Nasceu em 1944 no centro-oeste mineiro e passou sua infância em Papagaio, "cidade com gosto de laranja-serra-d'água", antes de se instalar em Belo Horizonte, onde dedicou seu tempo a ler e escrever prosa, poesia e ensaios sobre literatura, educação e filosofia. Considerava-se um andarilho, conhecendo e apreciando cores, cheiros, sabores e sentidos por onde passava. Bartolomeu só fazia o que gostava, não cumpria compromissos sociais nem tarefas que não lhe pareciam substanciais. "Um dia faço-me cigano, no outro voo com os pássaros, no terceiro sou cavaleiro das sete luas para num quarto desejar-me marinheiro."

Traduzido em diversas línguas, Bartolomeu recebeu significativos prêmios, nacionais e internacionais, tendo feito parte do Movimento por um Brasil Literário. Faleceu em 2012, deixando sua obra com mais de 60 títulos publicados como maior legado. Sua obra completa passou a ser publicada pela Global Editora, que assim fortalece a contribuição desse importante autor para a literatura brasileira.

Lelis

Nasceu em Montes Claros, no sertão de Minas Gerais. Depois disso, fez um tantão de coisas.

Além desse tantão de coisas, ilustrou muitos livros e escreveu sete: *Saino a percurá*, *Cidades do ouro*, *Hortência das tranças*, *Anuí*, *Reconexão*, *Fronteiras* e *En Fuite!*

Destes, *Hortência das tranças* foi finalista do Prêmio Jabuti na categoria Infantil, ganhou o Prêmio Guavira da Fundação de Cultura de Mato Grosso do Sul e o selo Altamente Recomendável da Fundação Nacional do Livro Infantil e Juvenil na categoria Criança.

Leia também deste autor

 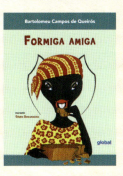  

De letra em letra   Formiga amiga   O guarda-chuva do guarda   O pato pacato

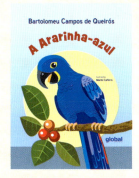  

A Ararinha-azul   História em 3 atos   Isso não é um elefante

  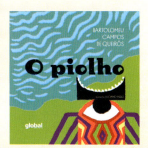

O Gato   Sei por ouvir dizer   O piolho